Nota para los padres y encargados:

Los libros de *Read-it!* Readers son para niños que se inician en el maravilloso camino de la lectura. Estos hermosos libros fomentan la adquisición de destrezas de lectura y el amor a los libros.

 El NIVEL MORADO presenta temas y objetos básicos con palabras de alta frecuencia y patrones de lenguaje sencillos.

 El NIVEL ROJO presenta temas conocidos con palabras comunes y oraciones de patrones repetitivos.

 El NIVEL AZUL presenta nuevas ideas con un vocabulario más amplio y una estructura gramatical más variada.

 El NIVEL AMARILLO presenta ideas más elevadas, un vocabulario extenso y una amplia variedad en la estructura de las oraciones.

 El NIVEL VERDE presenta ideas más complejas, un vocabulario más variado y estructuras del lenguaje más extensas.

 El NIVEL ANARANJADO presenta una amplia de ideas y conceptos con vocabulario más elevado y estructuras gramaticales complejas.

Al leerle un libro a su pequeño, hágalo con calma y pause a menudo para hablar acerca de las ilustraciones. Pídale que pase las páginas y que señale los dibujos y las palabras conocidas. No olvide volverle a leer los cuentos o las partes de los cuentos que más le gusten.

No hay una forma correcta o incorrecta de compartir un libro con los niños. Saque el tiempo para leer con su niña o niño y transmítale así el legado de la lectura.

Adria F. Klein, Ph.D.
Profesora emérita, California State University
San Bernardino, California

Translation and page production: Spanish Educational Publishing, Ltd.
Spanish project management: Jennifer Gillis/Haw River Editorial

First Spanish language edition published in 2007
First American edition published in 2003
Picture Window Books
5115 Excelsior Boulevard
Suite 232
Minneapolis, MN 55416
1-877-845-8392
www.picturewindowbooks.com

First published in Great Britain by Franklin Watts, 96 Leonard Street, London, EC2A 4XD
Text © Andy Blackford 2000
Illustration © Tim Archbold 2000

Printed in the United States of America.

Library of Congress Cataloging-in-Publication Data
Blackford, Andy.
[Little Joe's big race. Spanish]
La gran carrera de Lucas / por Andy Blackford ; ilustrado por Tim Archbold ; traducción,
Clara Lozano.
p. cm. — (Read-it! readers en español)
Summary: After Lucas wins the egg and spoon race on Sports Day, he gets so excited that he
continues to carry the egg and then its hatched chicken for another year.
ISBN-13: 978-1-4048-2674-8 (hardcover)
ISBN-10: 1-4048-2674-2 (hardcover)
[1. Racing—Fiction. 2. Eggs—Fiction. 3. Chickens—Fiction. 4. Spanish language materials.]
I. Archbold, Tim, ill. II. Lozano, Clara. III. Title. IV. Series.

PZ73.B554 2006
[E]—dc22
                                                      2006004196

La gran carrera
de Lucas

por Andy Blackford
ilustrado por Tim Archbold
Traducción: Clara Lozano

Asesoras de lectura:
Adria F. Klein, Ph.D.
Profesora emérita, California State University
San Bernardino, California

Ruth Thomas
Durham Public Schools
Durham, North Carolina

R. Ernice Bookout
Durham Public Schools
Durham, North Carolina

PiCTURE WiNDOW BOOKS
Minneapolis, Minnesota

A Lucas no le gustaban los días
de competencias.

Era tan pequeño que una rana
saltaba más alto que él.

Era tan lento que una tortuga
corría más rápido que él.

Pero Lucas tenía buen equilibrio.

Decidió ganar la carrera
del huevo y la cuchara.

¡Y la ganó!

Pero estaba tan emocionado

que se olvidó de parar.

Salió del patio de la escuela

y corrió por el pueblo.

13

Corrió todo el día

y también toda la noche.

Cruzó varios ríos.

Corrió cuesta arriba

y bajó las montañas.

Un día se oyó un fuerte ¡CRACK!

y salió un pollito del cascarón.

Lucas siguió corriendo.

Corrió bajo el sol

y corrió bajo la lluvia.

Pronto, el pollito creció y ya
no cabía en la cuchara.

Lucas tuvo que llevarlo en una pala.

Lucas también creció más y más.

Al año siguiente, Lucas regresó
a la escuela.

Era el día de las competencias
una vez más. Todos aplaudían.

—¡Bien hecho, Lucas!

—dijo la maestra.

—¡Ganaste la carrera
del pollo y la pala!

Le dio una medalla a Lucas
y otra al pollo.

Más *Read-it!* Readers

Con ilustraciones vívidas y cuentos divertidos da gusto practicar la lectura. Busca más libros a tu nivel.

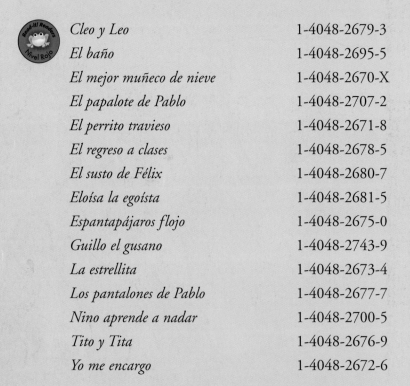

Cleo y Leo	1-4048-2679-3
El baño	1-4048-2695-5
El mejor muñeco de nieve	1-4048-2670-X
El papalote de Pablo	1-4048-2707-2
El perrito travieso	1-4048-2671-8
El regreso a clases	1-4048-2678-5
El susto de Félix	1-4048-2680-7
Eloísa la egoísta	1-4048-2681-5
Espantapájaros flojo	1-4048-2675-0
Guillo el gusano	1-4048-2743-9
La estrellita	1-4048-2673-4
Los pantalones de Pablo	1-4048-2677-7
Nino aprende a nadar	1-4048-2700-5
Tito y Tita	1-4048-2676-9
Yo me encargo	1-4048-2672-6

¿Buscas un título o un nivel específico? La lista completa de *Read-it!* Readers está en nuestro Web site: *www.picturewindowbooks.com*